Edgar Caprotti J.

LUCECITA DEL ALMA QUERIDA

Lucecita del alma querida

Lucecita del alma querida
Edgar Caprotti J.

Editado por:
PUNTO ROJO LIBROS, S.L.
Cuesta del Rosario, 8
Sevilla 41004
España
902.918.997
info@puntorojolibros.com

Impreso en España
ISBN: 978-84-16359-15-8

Maquetación, diseño y producción: Punto Rojo Libros
© 2015 Edgar Caprotti J.
© 2015 Punto Rojo Libros, de esta edición

Índice

Parte I: Así Se las ponían a Los Mcfly

Capítulo 1 13

Capítulo 2 15

Capítulo 3 17

Capítulo 4 19

Capítulo 5 21

Capítulo 6 23

Capítulo 7 25

Capítulo 8 29

Entremés Nº1: El hoyo 31

Parte II: Franco y El Twist

Capítulo 9 37

Capítulo 10 39

Capítulo 11 43

Capítulo 12 45

Capítulo 13 47

Capítulo 14 49

Capítulo 15 51

Capítulo 16 53

Entremés Nº 2: La digestión 55

Parte III: Verde que te quiero verde

Capítulo 17 59

Capítulo 18 61

Capítulo 19 63

Capítulo 20 65

Capítulo 21 67

Capítulo 22 71

Capítulo 23 73

Capítulo 24 75

Entremés Nº 3: Caminar por encima del agua.............77

¿Qué Fue De…? (El Epílogo) 81

9

pregunten a Gadafi), Laponia, Arabia Saudí (incluye también 20 latigazos tras la ejecución), Israel (¡Ahí la cosa está judía, digo jodía!), Palestina (especialmente en Gaza... y ¡en Cisjordania ni veas!), Machu Pichu, Mucha Picha, Somalia (a no ser que seas pirata y te mandan a España), Paquistán, Paquita la del Barrio, Guinea Ecuatorial, Guinea Conakry, Guinea Crocanti relleno de nata, Mongolia Exterior, Mongolia Interior Tercero Izquierda (preguntar en portería), Isla de Pascua (¡Ahí te cortan los huevos... de Pascua!), Trinidad y Tobago, Romina y Albano, Armenia, Bosnia-Herzegovina, Siberia, Aravaca, Egipto (metro de Pirámides), Tanzania (las pasas negras), Japón (las pasas amarillas), Sitges (las pasas rosas), Barco de Ávila (al pasar la barca me dijo el barquero...), República Chavista de Venezuela, Swazilandia, Cuba (quiero bailar la salsa), Afganistán (si te pillan los talibanes), Letonia (sobre todo a los lituanos), Lituania (especialmente a los letonios), Estonia (tanto a los letones como a los lituanos), Portugal (a no ser que seas mujer y lleves bigote a lo José María Iñigo en los 70), Andorra (aunque sin IVA), Haití, Malta (por la cerveza), Yalta (por no pagar la conferencia), El Vaticano (previa confesión papal), Nicaragua (zona sandinista), Managua (zona managuista), Canadá Dry (¡Ojo con la policía montada de por allí! ¡La de los Madelman!), Chipre, Hawái, Bombay, Club de Campo (¡fijo que Tierno Galván les dio la idea!), Jamaica (¡te ahorcan a ritmo de reggae!), Laos, Vietnam, Vietcong, Camboya (que pregunten a Pol-Pot), Paracuellos (que pregunten a Carrillo), Orihuela, Birmania, Sudáfrica, Bolivia, Colegio Maravillas (hoy Colegio Mierdecillas), Panamá (solo en Nochebuena), Paraguay (excepto en Nochevieja), Madagascar, Casino de Torrelodones, Pitis, Sudán (a base de sudar), Marruecos (Cayucos Mohamed, ¡los mejores y a mejores precios! ¡Ostras!, ¿esto no era el espacio publicitario?), Alemania (¡por aplastamiento a lo Merkel!), Francia (¡por desnarizamiento a lo Sarkozy!), Italia (¡por castración a lo Berlusconi!), Mónaco (¡Ernesto de Hannover se ofrece verdugo voluntario!, ¡hics!), Balllantine's (¡perdón, esto no iba aquí, que me ha confundido Ernesto!), Chile, Argentina (¡che!, ¿viste? ¡Los argentinos somos unos tipos macanudos!), los jardines de Aranjuez (¡El maestro Rodrigo acaba de caerse en el estanque de las ranas: ¡Croack!), Suecia, Suiza, Sumatra, Suputamadre, Puerto Rico, Costa Rica, Tosta Rica nada más y Turquía-ía-ía-oooo...

PARTE I:

ASÍ SE LAS PONÍAN A LOS McFLY

Capítulo 1

Los McFly se instalaron en Madrid hacia 1965, después de que la empresa de la que era gerente mandara a Ian McFly y su familia desde la sede de Manhattan a la filial de Mad... Bueno, no fue hacia 1965, pero al mismo tiempo sí; el año exacto fue 1964, o sea, hacia el 65, pero sin ser este el año preciso. ¡Vale!, una vez aclarado esto, cuando los McFly llegaron en 1964 a Madrid, hacia el 65, pero sin ser literalmente 1965, sino 1964, aunque sin el "hacia", además del mencionado Ian McFly estaba su esposa Belinda McFly, más sus hijos Susan, Betty y el pequeño Ian Jr., más conocido como "El Pecas".

Tres años después, o sea, en 1967, aunque serían solo dos si se cuenta lo de "hacia el 65", llegaba a Madrid Mr. Woodenbrock, todopoderoso presidente de la empresa multinacional en que trabajaba Ian McFly: Woodenbrock Business, S.A. (Tanto renombre rimbombante solo para exportar alcachofas).

—Belinda, my dear, Mr. Woodenbrock viene con su mujer a cenar esta noche. Quiero que estén los niños; que las chicas vayan con su mejor vestido e Ian con corbata.

—Yes, darling! ¡Qué honor que nos visiten! Seguro que son gente encantadora.

—Por cierto, Miss Woodenbrock tiene un pequeño defecto...

—¿Cuál?

—Tiene tres piernas, nació así. No quiero risas ni comentarios improcedentes. Adviérteselo a los niños, especialmente a Ian.

Belinda, con cara estupefacta, tras un segundo de silencio, le preguntó a su marido:

—¿Y cómo hará para cruzar las piernas cuando se siente...?

Capítulo 2

Sonó el timbre de la puerta del chalecito de El Viso. El enorme perro dálmata, Mariano, comenzó a ladrar.

—Shut up, Mariano! —le dijo Belinda mientras iba a abrir la puerta del jardín, seguida de la familia McFly al completo.

—Good night, Mr. and Miss Woodenbrock! —exclamó sonriente Belinda.

Ian Jr. señaló a las tres piernas de Miss Woodenbrock con la boca abierta y dijo en alto:

—¡Es verdad, tiene tres piernas!

Miss Woodenbrock, que no era Mrs. porque no había pasado por altar ni juzgado alguno, pero se había casado con Mr. Woodenbrock debajo de una piscina como era de moda entonces en los Estados Unidos, miró con cara agria hacia el pequeño Ian, al tiempo que una encarnada Belinda y un pálido Ian Sr. les invitaban a pasar, justo cuando el perro Mariano levantaba la pata sobre la pierna envuelta en media de cristal de Miss Woodenbrock, concretamente la del medio.

Capítulo 3

La criada Paquita se quedó extrañada cuando le dio Belinda el panty para tres piernas para que lo lavara.

Una vez en la mesa, sin embargo, la cosa se distendió. En los postres, en los que se incluyó tarta de alcachofa con hojaldre de hojas verdes, Mr. Woodenbrock dijo:

—Pues decidimos casarnos debajo de una piscina porque Miss Woodenbrock había sido campeona de natación en su Wisconsin natal.

Entonces, el pequeño Ian exclamó:

—¡Nosotros también tenemos una piscina! ¿Se la puedo enseñar, daddy?

—¡Como quieran los señores Woodenbrock, Ian!

Mr. Woodenbrock se quitó la servilleta de las piernas y, con una media sonrisa, dijo:

—C'mon, Ian, Jr.! ¿Vienes, Miss Woodenbrock?

—¡Oh yes, querido! —dijo quitándose también la servilleta de las piernas... de las tres.

Ian Jr., entusiasmado, llevaba de las manos a los Woodenbrock, en aquel cálido mes de octubre. Los McFly y sus hijas, Susan y Betty, les seguían, mientras el presidente Woodenbrock le decía a Ian McFly:

—Clever boy, Ian! ¿Quién sabe si trabajará el día de mañana para la empre...?

No le dio tiempo a acabar la frase, porque el pequeño Ian empujó a los Woodenbrock a la piscina verdioscura llena de hojas, mientras Belinda gritaba:

—¡Ian, por Dios!, ¿qué has hecho?

—¡Quería que recordaran su boda, mummy!

Capítulo 4

Ni qué decir tiene que al cabeza de familia, Ian McFly, se le rescindió el contrato al día siguiente por el infortunado chapuzón que dio a su jefe y a su mujer la noche anterior su pequeño hijo Ian. Además, tendrían que abandonar los McFly el chalecito, incluida la piscina, en que vivían antes de final de mes, pues se lo habían alquilado Woodenbrock Business, S.A. cuando se trasladaron a Madrid. Para colmo, a la mañana siguiente de quedarse el cabeza de familia sin trabajo, vino un botones uniformado de rojo cereza pidiendo que devolvieran el panty de tres piernas de Miss Woodenbrock, por si estaban yá secos... Estaban no solo secos, sino quemados. La criada Paquita se puso a llorar mientras oía por la radio la telenovela "Lucecita", mientras planchaba las tripartitas medias de cristal y caían lágrimas suyas sobre ellas, haciendo al contacto de la superficie de la plancha literalmente humo, por tener Paquita conjuntivitis anal.

Lo más extraño es que el botones no devolviera las toallas de *Christian Lacroix* que les dio Belinda McFly para la vuelta en coche de los Woodenbrock, por lo cual el botones se fue con las medias todas quemadas y agujereadas y, encima, al salir al jardincillo, el enorme dálmata Mariano le saltó encima y le derribó al suelo, mientras el citado perro le arrancaba las medias de las manos y las engullía de un par de bocados... bueno, en realidad tres, a uno por pierna.

Capítulo 5

Continuaba el Año de Gracia de 1967, 28º. Año Triunfal. Por entonces, las clases escolares no comenzaban hasta Octubre. Lucecita entraba en Párvulos con su babi a rayas rojas y gualdas, como la bandera de España, en la *Escuela Río Manzanares*.

Esa niña rubita y con trenzas, lloraba como una magdalena Ortiz en su primer día escolar, pero la Srta. Rottenmeier se le acercaba con su vestido marrón oscuro hasta los pies, sus antiparras de alambre en su nariz ganchuda y su moño color ocre, que con gesto malhumorado le dio con la regla en las yemas de los dedos (mano derecha o izquierda, según se vea), gritando:

—¡Deje de "llorrar", "Frrrau" "Lusesita"! —con su acento germánico, con algunas gotas suizas.

La Srta. Rottenmeier había sido profesora particular antes en Suiza. Recordaba a una de sus alumnas más rebeldes: Heidi, aunque la amiga de esta, Clara, en silla de ruedas, tampoco le iba a la zaga, aquello fue a raíz de la entrada de Heidi en casa de la citada Clara, que era rubia como Lucecita, y acabó levantándose de la silla de ruedas gracias al tesón de Heidi, una vez en las montañas con su abuelo (el de Heidi. El de Clara, ni puta idea de quién era), el perro Niebla, Pedro el Cabrero y un montón de suizos más, ya fueran del cantón francófono, germánico (como en este caso), ciempozuelano o italianófolo.

Lucecita solo resistió un día en la escuela. Su bisabuelo, de 104 años, la enseñaría a leer y escribir en la cabaña del Manzanares en que ambos vivían y, con el tiempo, a sumar, restar, dividir, hacer raíces cuadradas, cúbicas, integrales, física cuántica, matemáticas puras, ingeniería de caminos, arquitectura, derecho procesal...

Capítulo 6

Julio de 1969. El hombre pisaba por primera vez la Luna. En realidad, dos hombres: Armstrong y Aldrin, limitándose Collins, el tercer astronauta, a sobrevolar por la atmósfera lunar, que al fin y al cabo es aire de la Luna. Cuando los tres astronautas en cuestión estaban en la Luna, aunque pisando su superficie, solo dos de ellos, en la taberna de Blas, en Usera, Ian McFly, con su casco de obrero en la mesa en que acababa de comer alcachofas a la vinagreta, miraba a la televisión en blanco y negro.

Mientras veía a Aldrin, no a Armstrong (¿o Pedro Duque?) dar saltitos por el suelo lunero, recordaba todo lo pasado el último año y medio: el último año y tres cuartos exactamente, dividiéndolo en letras cronológicamente hablando (¡Vaya, Collins es enfocado con una cámara dentro de la cápsula con una revista en la mano... cagando!). La emisión se cortó e Ian McFly Sr. deletreó mentalmente su pasado más inmediato:

Su traslado con su familia a una casa realquilada en Usera, salvo Paquita, que se metió a puta, y el perro dálmata Mariano, que ya explicaremos luego cómo acabó.

Su mujer, Belinda, se fugó con un sargento negro de la cercana base de Torrejón de Ardoz, donde servía bebidas en una barra americana ahora que el sueldo de su marido se limitaba a sus chapuzas de peón de albañil.

Sus hijas, Susan y Betty, las metieron en la Operación Plus-Ultra, ya que ayudaron con un largo cazamariposas a sacar del agua a los Woodenbrock, a pesar de que Miss Woodenbrock, Sally para los amigos, había sido experta nadadora, pero se había hecho un nudo en las piernas al caer alrededor del cuello de su esposo y gracias a que se agarró como pudo con las manos al palo Sally... sallyeron, perdón, salieron marido y mujer de la piscina. Eso sí, la Operación Plus-Ultra acababa esa edición en Tanganika y dejaron ahí a Susan y a Betty en una aldea llena de zulúes de más de dos metros, con el falo todo el día al aire.

El enorme perrazo dálmata Mariano se encaramó al tejado y con sus orejas tiesas, salió volando una noche de Luna llena, tras quedar abandonado ahí, cayendo en la piscina y dándose cuenta que él no era Dumbo, antes de que se lo llevaran chorreante a la perrera municipal por falta de... apellidos.

En cuanto al pequeño Ian, fue internado en un reformatorio en el cual se encuentra ahora mismo ante la tele, viendo cómo Collins se limpia el culo, poco antes de volver a cortarse la emisión...

Capítulo 7

Marbella, verano de 1970. El Sol en lo alto iluminaba las playas y recién adoptado a sus siete añitos, Ian McFly Jr. se salvó del correccional (llamado también reformatorio) y pasó a llamarse Ian Caca.

Efectivamente, los señores de Caca, José Caca y Lola Caca (de soltera Dolores Fuertes de Barriga), tras diez años casados, nunca habían hecho el amor, con la disculpa de que José Caca Marrón, su nombre completo, se le llevó por delante los huevos un obús en la guerra del Ifni. Su mujer, Lola, no lo supo hasta la noche de bolas, digo de bodas, al ver en sustitución de los testículos dos pelotas de ping-pong, que el bueno de José se había puesto para disimular con celofán pegados al escroto.

Ian Caca pidió a su padre adoptivo en la playa de La Fontanilla:

—¡Papá Caca!

—¡Hijo, no es momento!

—¡No, Papá Caca, sin coma entre medias de "Papá" y "Caca", te llamaba para que alquilemos un pedalón! —dijo señalando a estos en la orilla.

—¡Ah, pero debes saber, Ian, que eso es un hidropedal!

Lola Caca levantó la vista del ABC, en cuya portada aparecía Franco en el Azor en aguas andaluzas frente a la playa de Torremolinos, con unas tijeras enormes en la mano y sobre la foto el titular: *El Generalísimo inaugura un pantano en Torremolinos en mitad del mar.*

—¿A dónde vais? —preguntó embutida en su traje de baño negro de faldita, hasta cubrirle los pies y mangas hasta las muñecas, cerrado todo ello por el cuello.

Ian, jovial, exclamó:

—¡Mamá Caca, vamos a navegar en pedalón!

Santiguándose, Lola, ruborizada como una fresa en una pocilga, exclamó a su vez:

—¡Dios mío, Ian!, ¿cómo dices esas guarrerías en público?

—¿Te vienes, reverenciada esposa? —preguntó tras darle un cachete en pleno moflete a Ian, al que se le saltaron unas cuantas pecas, mientras le advertía —¡Se dice hidropedal, cafre!

—¡Iré, maridito mío, pero solo si me compras un bikini de flores!

—¡Maldita sea, Lola!, ¿es que quieres mostrarte en bragas y sujetador delante de todo el mundo? ¡Recuerda que eres numeraria del Opus!

—¡Está bien, esposo de mis entrañas, pero al menos cómprame un bañador negro!

—¿Para qué, si ya tienes el que llevas puesto? ¡Venga, sube, que a lo mejor nos topamos y todo con el Azor, que el Caudillo estuvo ayer en Torremolinos!

Señalando el ABC, Lola exclamó:

—¡Está bien, esposo de mis faldas, pero ya lo sabía!—mientras se levantaba y acercaba, tras dejar el ABC en la tumbona a rayas blancas y verdes alcachofa, cuando José Caca bajó la vista y le dijo a Ian:

—¡Tú te quedas en tierra, con dos para manejar el hidropedal basta y sobra! —justo cuando le cayó en la amplia frente una enorme y líquida cagada de gaviota.

Capítulo 8

—¡Excelencia, un pedalón a babor con dos ocupantes nos hacen señas con los brazos! —dijo el contraalmirante del Azor a Franco, que estaba pescando en ese momento.

—¡Será un hidropedal! ¿Y no se sabe qué quieren, contraalmirante? ¡Ahí va, están picando!

El Generalísimo empezó a enrollar el hilo de su carrete y sacó del agua a un hombre-rana enganchado del traje a la altura del culo con un salmón de unos 41 centímetros en las manos. El contraalmirante se puso a gritar al buzo en cuestión:

—¡Matute, joder, que el salmón es un pez de río! ¿Qué quieres, dejar en evidencia al Caudillo?

Franco desenrolló el carrete y el hombre-rana y el salmón cayeron al agua, si no es por el contraalmirante del yate, Franco va detrás, pero le cogió a tiempo, cuando el pedalón, digo el hidropedal, donde iban los señores de Caca, chocó con el lado derecho de la embarcación, cayendo Lola de negro de pies a cabeza al agua por estribor del hidropedalón y comenzó a hundirse hacia el fondo tras unas pocas brazadas.

José Caca comenzó a gritar:

—¡Socorro, auxilien a mi mujer, que no sabe nadar!

El Azor puso rumbo a estribor y golpeó el pedalhidro con la cola, destrozándolo y cayendo también José Caca al agua en su bañador negro como la pez hasta los tobillos. Tampoco sabía nadar, así que se agarró a una aleta que surgió en la superficie. Luego, surgió el resto del tiburón, volviéndose a José Caca con las fauces abiertas, mientras este chillaba oyendo la sirena del Azor alejarse, metiéndosele un pez volador en ese justo instante en su boca, gritando:

—¡Uuuuumpffffff! —un segundo antes de comérsele el tiburón de un bocado.

—¡Contraalmirante!, ¿no ha oído como un ruido extraño?

—¡El hidropedal, excelencia, que debe tener motor fuera borda y arma mucho ruido al irse!

****

Entremés Nº1: EL HOYO

Estábamos Pedro, Pablo, Andrés, Petra, Paula, Andrea y yo haciendo un hoyo en la arena, cuando se acercó el tío Jorge y se metió dentro, sentándose, que dijo:

—¿A que no me enterráis hasta el cuello?

Entre todos, comenzamos a echar de nuevo arena al hoyo, llegándole a tío Jorge a la cintura a los 5 minutos, cubriéndole el peludo pecho a los 8 y asomando solo la cabeza a los 10.

Dijo entonces:

—¡Muy bien, no puedo ni moverme de lo bien que me habéis aplicado la arena!

De pronto, Pedro se acordó de cuando tío Jorge se chivó a su madre de que le había visto fumar el verano pasado, detrás de una palmera.

Encendiendo un Chester, se lo metió por el orificio izquierdo de la nariz, aullando tío Jorge de la quemazón, lo que aprovechó Petra para meterle un erizo marino dentro de la boca recordando los pellizcos que le daba en los muslos cuando se metía en el mar el anterior verano. Pablo también se acordó de hacía dos veranos, cuando se cayó de la tabla de windsurf y tío Jorge le dejó en altamar diciéndole mientras reía que volviera a nado para rebajar peso, que estaba muy gordo. Pablo, le dio un bofetón saltando el erizo de la sangrante boca llena de púas y le metió medio bocata de chorizo exclamando:

—¡Toma, que estás muy flaco!

Paula le dio con su pala de metacrilato en plena coronilla a la voz de:

—¡Y esto por bajarme la parte de abajo del bikini, al salir del mar a fines del verano pasado y hacerme enseñar el culo a media playa!

Y le dio otro palazo tan fuerte que se hundió en el hoyo a la altura de la boca, momento que aprovechó Andrés para quitarle el bocata de sus fauces, entrando la arena a chorro por su bocaza, por decirle hace tres veranos que se metiera por una parte del mar que según él era de arena fina y estar llena de piedras cortantes.

Andrea, entonces, pegó un salto y cayó sobre la cabeza de tío Jorge por ponerle diciendo que era un bronceador muy bueno, aceite de oliva en la espalda quemándosela y despellejándosela toda hace cuatro veranos, metiéndole esta vez hasta la nariz donde le entraba la arena que daba gusto por los orificios.

Quedaba yo, que recordé cuando él mismo me enterró en otro hoyo hasta el cuello hace un lustro y luego se fue dejándome ahí, así que dije:

—¡Enterrémosle del todo!

Y con manos y pala, le cubrimos del todo la cabeza. Con un rastrillo, aplané la superficie y nos fuimos de ahí. Una vez subimos al paseo marítimo, se me ocurrió volverme, justo cuando subía la marea y la mar salada cubría como un metro por encima del hoyo bajo el cual estaba tío Jorge.

****

PARTE II:

FRANCO Y EL TWIST

Capítulo 9

Ian Caca, tras el incidente tan inoportuno de los señores de Caca, fue enviado por la Junta Principal del Movimiento de la Costa del Sol al Orfelinato para hijos adoptados de Ciempozuelos, en Ávila, perdón; en Madrid.

¿Qué decir del Ciempozuelos del año 70 del siglo pasado por agua (cuando llovía)? Ciempozuelos era una ciudad amurallada, devota de Santa Teresa, con sus típicas yemas de dicha santa y en donde casi todas las mujeres se llamaban Sonsoles. Eso, en el Ciempozuelos abulense, pero Ian fue ingresado en el orfelinato del Ciempozuelos de Toledo, bolo, perdón; de Madrid.

Ahí hizo migas con Domingo (a ambos les entusiasmaba el pan Bimbo), un chico tres años mayor que fue encontrado en un taxi de Madrid al poco de nacer. Era gordo, con pelo rizado y pelirrojo, más pecas que el propio Ian, gafas de culo de vaso y ojos azules muy grandes. Hasta los 7 años, la edad que tenía entonces Ian, vivió con el taxista que se lo encontró envuelto en un periódico de El Alcázar con la foto de Franco en portada, inaugurando un pantano en medio del lago de la Casa de Campo. Este era soltero (el taxista, Franco no, si no que se lo preguntaran a Doña Carmen), pero para que Domingo no echara de menos una madre, se vestía de mujer con peluca y todo cuando estaba en casa con él. Luego, cuando salía a trabajar, como buen padre, se ponía su ropa de taxista, incluida la gorra.

Tras siete años y un día, Domingo pidió una cámara fotográfica de esas que hacen fotos al instante a los Reyes Magos y empezó a hacer fotos a su padre con el uniforme negro brillante y delantal blanco, más la cofia de cuando hacía y servía la comida, o con el rosado a cuadritos blancos de chacha cuando fregaba los platos o el suelo, o con el camisón de encaje amarillo transparente con ligas anaranjadas y medias moradas de cuando iba a acostarse.

Al final, fue con las fotos al cuartelillo frente a su casa y se las dio al sargento de la Guardia Civil de turno, que se llamaba José María, el 19 de marzo, por su santo. El sargento se lo agradeció a Domingo mandando una pareja de guardias civiles a su casa y deteniendo a su padre. A su vez, envió a Domingo al Orfelinato donde estaba ahora en agradecimiento por los servicios prestados. Tres años después, llegaría Ian y se haría amigo suyo, hasta que el día de año nuevo de 1971, Domingo le propuso fugarse.

Capítulo 10

La sala de reuniones estaba llena de cotillón, el vigilante de la puerta, Tontomás, con sus 210 kilos a cuestas y una botella de cava catalán en la mano, daba vueltas como una peonza mientras los otros niños bailaban twist al ritmo del cantante local doceañero Toñín El del Balancín, que detrás de sus gafas de pasta italiana y su chaqueta a cuadros escoceses, canturreaba ante el micrófono "El twist de Toñín":

—Me llamo Toñín

y bailo siempre el twist:

en la cama, en la ducha, en pijama, con pantuflas.

Twist, twist de Toñín,

moviéndome como un balancín...

Tontomás no cesaba de girar alrededor de si mismo, soltándosele la botella de cava, que salió por los aires y le dio en el moño a la directora, Doña Virtudes, que cayó despanzurrada al suelo.

Toñín seguía cantando:

—Tu abuela baila twist,

mientras te teje un jersey gris.

Tu abuelo baila el twist de Toñín

en lo alto del trampolín.

El lechero baila twist,

con la leche en el botellín. Todos bailamos twist

mientras nos hacemos caca y pis...

Tontomás cayó encima de una niña de lacitos verde alcachofa, llamada Asun, y se oyó el crujir de huesos debajo de la enorme masa corporal del vigilante, además de salir como picadillo de carne por los lados de su enorme tórax.

—¡Tiene que ser ahora, Ian! —le dijo Domingo, y ambos subieron hacia su cuarto.

Cuando llegaron, Domingo sacó de detrás del armario un par de sábanas atadas por las puntas y llenas de nudos. Desde abajo, se oía la algarabía y la voz canturreante de Toñín:

—Franco baila twist moviendo el bigotín.

Y doña Carmen también lo baila

balanceando los collares a ritmo de twist,

del twist de Toñín...

En ese momento, Tontomás se abalanzó hacia el escenario, vomitando dentro del agujero de la guitarra de Toñín.

—Hay que atarlo a la barra del cabecero de tu cama, que está más cerca de la ventana—dijo Domingo con sus ojos azules claros frenéticos.

Una vez ataron la sábana, Ian abrió la ventana y Domingo tiró esta, a unos 2 metros y medio del pavimento ahí fuera, dando la punta justo con el suelo.

—¡Venga, Ian, tú primero!

Ya no se oía música ahí abajo; solo chillidos y voces confusas. Ian se encaramó por la ventana y comenzó a bajar por las dos sábanas atadas en una, cuando Domingo fue hacia la puerta y empezó a gritar:

—¡Eeeeeh, que Ian se está fugando por la ventanaaaaa!

Niños y educadores salieron despavoridos del salón hacia las escaleras que llevaban al cuarto de Ian y Domingo, mientras Toñín le rompía la guitarra en la cabeza a Tontomás, llenándole de astillas y su propia pota.

—¡Le he descubierto cuando venía al cuarto a dormir, ahí está! —dijo Domingo, señalando a la ventana.

Dos educadores volvieron a sus pasos, bajando las escaleras a toda mecha, hasta que llegaron a la puerta de entrada y la derribaron a patadas. Cuando salieron fuera, Ian estaba agarrado en la mitad de la sábana mirando absorto arriba a varios niños y el resto de educadores asomados en el alféizar. Los educadores de abajo cogieron el rabo de la sábana y comenzaron a balancearla hasta que Ian se soltó y cayó de culo al suelo, mientras los educadores sacaban sus varitas de encina y comenzaban a fustigarle en el suelo, mientras ahí arriba se reían.

Ian vio al que mayores carcajadas soltaba doblándose sobre sí mismo y señalándole, masa informe de pelo rojo y abundantes pecas tras sus gafas de culo de vaso: su amigo Domingo.

Capítulo 11

Tras pasar dos semanas en el cuarto de los ratones, Ian salió de este pálido y sin una sola peca, debido a la mezcla de humedad y oscuridad. A partir de entonces, dejaron de llamarle "El Pecas", en todo caso nunca se lo habían llamado.

Nada más salir, se enteró de algunas novedades:

1/Domingo, ya no se encontraba ahí. Ahora vivía con su padre adoptivo de nuevo, el taxista travesti, solo que ahora era su madre, porque se había cambiado de sexo. 2/ A él le querían adoptar una familia apellidada Negrero, más conocidos como los Negrero de Aravaca, de donde procedían. 3/ Los Woodenbrock habían tenido un niño con una pierna en la cabeza, además de las otras dos, claro, cosa que había salido en el diario *Ya...* Bueno, en realidad había salido hacía una semana. Un mes después, los Negrero llegaron al orfelinato y al verlos Ian, torció el morro como una nutria intentando resolver la raíz cuadrada de un número primo a la enésima potencia, pues eran todos negros.

Capítulo 12

—¡Vaya, perdonen ustedes que deje de escribir un rato, pero me apetecía fumarme un purito tranquilamente, al menos durante un capítulo entero! ¡Sigan leyendo en el siguiente, que seguramente para entonces, ya me lo habré terminado!

Capítulo 13

Ian Negrero, como se apellidaba ahora, fue obligado a pintarse cara y manos con betún todo los días. Papá Negrero quería que su nuevo hijo adoptivo fuera negro y decir cuando iba con Mamá Negrero e Ian por Aravaca, que por fin se habían traído a su hijo de Guinea Ecuatorial. Ian acababa de cumplir ocho años y tenía que hacer la Primera Comunión. El día señalado en la Parroquia de Aravaca, mientras otros niños iban vestidos de almirante o marinero, él apareció con un taparrabos colorado, el cuerpo y la cara tiznados de negro y una lanza.

La abuela Negrero llegó por el Verano del 71 de Guinea Ecuatorial y al llegar a Aravaca, solo encontró a Ian y si no llegan a venir Papá y Mamá Negrero, ya le hubiera guisado para la cena: con una manzana en la boca y entre patatas jardinera y zanahorias, Ian estaba en cuclillas dentro del horno recién encendido.

Como un año después, 1972, Ian aprovechó un día que estaba con Mamá Negrero en el Corte Inglés de Aravaca y se escabulló en los probadores de señoras, mientras una gorda pelirroja daba de gritos al verle pintado de negro, taparrabos y un hueso en la nariz. ¡Bueno, ella no tenía puestas ni las bragas!

Capítulo 14

Debido a este intento de escapada, Ian fue internado en Septiembre del 72, en un correccional en Toledo, donde mira por dónde volvió a coincidir con Domingo, aunque no dormían en la misma celda. Un día, a la hora de la comida, los colocaron frente a frente en una mesa de doce. En ese momento, llegaba hirviendo una enorme cacerola con el guiso del día.

—¡Que sirva el nuevo! —dijo alguien, e Ian sirvió sonriente primero a Domingo, con sus ojos azules muy abiertos tras los lentes trifocales fijos en él.

La cacerola se la estampó Ian a Domingo a modo de sombrero, cubriéndole todo de carne magra, patata cocida, hojas de alcachofa y caldo de gallina, pegando un fuerte grito debido a que hervía cosa mala. A partir de aquel día, Domingo perdió también sus pecas y mira que tenía, quedándosele toda la cara morada, casi negra. ¿Y si le adoptaran los Negrero?

Capítulo 15

Diciembre de 1973. Ian, tras año y medio en una celda de castigo, conviviendo incluso con un cocodrilo que salió un día de la rejilla de la alcantarilla, siendo un cachorro y creciendo hasta los 2 metros y tres quintos de largo y al que llamó José Luis antes de comérselo, le dan una patada en el culo y le echan al arroyo. Bueno, el arroyo quedaba un poco más lejos, así que se fue a la puta calle.

Su nuevo apellido era Expósito, Ian Expósito. Veinte años no son nada, que decía Gardel, aunque lo último que dijo fue: "¡Ché, piloto, ¿qué pasa con este aeroplano que vuela tan bajo?", medio minuto antes de estrellarse en el avión en que viajaba.

Así, Ian se fue a vivir con solo 10 años debajo de un puente del Manzanares. Es lo último que se supo de él hasta Julio de 1994 (20 años no serán nada, pero veinte y medio son un poco más), si exceptuamos algo ocurrido por el Verano del 79 en una discoteca de Majadahonda, aunque a Ian no le vio nadie (aunque sí le oyeron).

Sin embargo, retrocediendo de nuevo a diciembre del 73, nos encontramos a Lucecita, una niña de 11 años que vivía en una barraca en un meandro seco del río Manzanares, justo a 21 metros y cuarto del puente donde pernoctaba Ian se lo cruzó llevando ropa recién lavada en un canasto a la orilla del río en aquel aterido mes, cruzándose sus miradas para siempre jamás.

Capítulo 16

Poco después, en Enero del 74, el día de Reyes Lucecita les pidió a estos ante un crucifijo sobre su camastro que Carrero Blanco subiera al cielo, bueno, que subiera por segunda y definitiva vez.

También pidió que a ella y su bisabuelo de 110 años y tres cuartos (cumplía en Abril), les dieran un piso de protección oficial.

Sobre lo primero, no consta que se hiciese realidad, pero sobre lo segundo, para el Verano del 74, les dieron un apartamento en Sofico, junto al paseo marítimo de Marbella. El bisabuelo se pasaba el día en el chiringuito Europa, justo debajo en la playa de La Fontanilla, tomando gin-tonics, y se le acercaba Manolo, un camarero larguirucho que le servía el decimosexto gin-tonic de la mañana con una tapa de espeto de alcachofas y le preguntaba al tiempo:

—¡Don Horacio!, a sus 111 años, ¿no le sentará mal tanto gin-tonic?

Don Horacio sonrió, cogió el gin-tonic y se lo bebió de un trago, respondiendo:

—¡No! —cayendo de espaldas con la silla al suelo.

El camarero le tomó el pulso y luego le puso la mano en el corazón.

—¡Vaya, hombre! Y ahora, ¿quién me paga la cuenta?

****

Entremés Nº 2: LA DIGESTIÓN

Cada vez que comía, antes de darme un chapuzón, me había dicho mi profe de natación que hiciera al menos cinco horas de digestión. Cuando a las 11 llegaba a la piscina, pues antes no podía, tras desayunar tostadas y café, sabía que hasta las 4 no podía bañarme y la comida estaba a las 2 y ¡ay, si no era puntual! Así que dejaba el baño en la pisci para después de comer, como a las 3, con las cinco horas de digestión, eran ya las 8, o sea, cuando había que desalojar la piscina porque echaban el cloro.

Así que al día siguiente, en un descuido de la cocinera Tomasa, tiré el café por el fregadero y le di las tostadas al perro, un dogo llamado Chivato. Luego, fui corriendo feliz a la piscina, cuando con un lazo largísimo de vaquero, me apresaron el torso y me derribaron a la hierba. Tomasa, me gritó:

—¡Malandrín, a desayunar antes y no vuelvas a darle a Chivato las tostadas!—me volví y vi junto a Tomasa al dogo Chivato con las fauces abiertas mostrando las tostadas.

A la hora de comer, me llevé una bolsa disimulada en el cordel del bañador tapándola con la larga camiseta. Cortaba un trozo de escalope y cuando Tomasa se volvía, levantaba la camiseta y echaba ahí el trozo, lo mismo que las patatas fritas, las alcachofas y los cachos de sandía. Tras acabar, salía corriendo y quitándome la camiseta al llegar al jardín, tiraba la bolsa en la fosa séptica de la entrada, tras levantar la rejilla y colocarla luego. Corría a tirarme de cabeza, pero un boomerang me dio en la frente tirándome de espaldas al suelo. Tomasa se me acercó sonriente y señaló a Chivato, con la bolsa con los restos en su boca, mientras la cocinera decía:

—¿Cómo se te ocurre esconder la comida en el escondite favorito de los huesos de Chivato? ¡Venga, a comer!

A la mañana siguiente, hubo desayuno dominical: Huevos con bacon, corn flakes, chocolate con churros y pote gallego. Me lo comí todo y decidí no hacer digestión. Al acabar, salí zumbando a la piscina y me tiré en perfecto salto del ángel ¿Veis, amigos míos, como no pasa nada? ¡Qué equivocado estaba mi

Glugluuu.

profe   de   nata...   ..   Soco...

Gluglugluuuuu...   Me ahog...   Glugluglugluuuuuuuuuu...!

****

PARTE III:

VERDE QUE TE QUIERO VERDE

Capítulo 17

Poco tiempo después, Sofico quebró y Lucecita, yá con 13 años, se puso a servir en un chalet de Puerta de Hierro donde vivían los Woodenbrock: Mr. Woodenbrock y su mujer Miss Woodenbrock, más el pequeño Joseph Mary de cuatro años, con su pierna en la cabeza que junto a las tres de su madre y las dos de su padre sumaban 8, más las otras dos de Lucecita diez.

Un día, además, un vendedor cojo de la ONCE se pasó por ahí y, estuvo unos minutos en el vestíbulo antes que Miss Woodenbrock lo descubriese y el vendecupones dijese: "¡ONCE!" y la dueña de casa respondiese que si quería que le regalase una pierna o qué, antes de echarle por meterse por la puerta abierta del jardín, la de la verja de donde se cultivaban alcachofas y la de dicho vestíbulo, que en un despiste la misma Sally las dejó abiertas volviendo del pedicuro, arrojándole de su chalet a patadas (3 en concreto).

Franco acababa de morir, el tío Manoplas se tomaba un mosto en el Bar Leonés de la calle Guzmán el Bueno de Madrid y Toñín El del Balancín, acababa de sacar su primer disco titulado *Twist y arroz con leche*, en cuya cara b había una balada llamada "Opus twist" dedicada a D. José María Escrivá de Balaguer, recientemente fallecido por entonces, que alcanzó el número 39 de los 40 Principales, justo por encima del *Shine on your crazy diamond*, de Pink Floyd, y con el *Saca el güisqui, cheli* de Desmadre 75 en el número 1.

Un día, Lucecita, tras ser regañada por Miss Woodenbrock por no tener bien emparejados los zapatos de su armario de tres en tres sino de dos en dos, decidió hacerse su hatillo y dejar la casa de los Woodenbrock sin rumbo fijo. Llovía en la noche a mansalva, empapada hasta los huesos y con su hatillo todo lleno de agua, intentó guiarse por los relámpagos intermitentes atravesando el campo. Luego, vio como un agujero en una reja y se metió por ahí, debajo de un árbol de alta copa. Se echó a dormir apoyando la rubia cabellera mojada en el hatillo, dejando de momento de llover, el traje negro de servir brillante y con un cartel por fuera de la alambrada que ponía: "Parque de atracciones".

Capítulo 18

El avión surcaba los cielos color turquesa conteniendo a enormes salchichas Frankfurt y a Nerón, mirando a través de un diamante verde las nubes por la ventanilla. Las salchichas Frankfurt abrían los ojos y la boca, quizás asombradas de viajar por primera vez en avión. Una rosadita dijo:

—Recuerdo cuando solo era una salchicha de fábrica. Ahora puedo hablar, ver hermosos paisajes y pagar impuestos al César por la construcción del acueducto de Segovia.

La que estaba a su izquierda sudaba queso a borbotones. Lucecita era la azafata e iba con una enorme manguera de pitorro doble, enchufando ketchup y mostaza a la vez a las cerca de veintidós salchichas, pero también a Nerón, le dejó perdido y este le arrojó furioso el diamante verde. Despertándose sobresaltada, el Sol le daba en plena cara, aún húmeda.

—¡Usted no puede estar aquí! —le dijo un individuo muy gordo, de carnes rosadas y mirada aviesa.

Era Tontomás, el nuevo vigilante del parque de atracciones, con su uniforme verde oliva alcachofero casi a reventar y un perrito caliente con ketchup y mostaza en la grasienta mano, que a continuación engulló de un solo bocado cual voraz Nerón viendo arder Roma.

Lucecita se levantó, viendo a lo lejos la montaña rusa... la Jet Star.

Capítulo 19

Lucecita, tras contar su vida entre sollozos en el departamento de información del parque de atracciones, provocando el que el vigilante Tontomás llorara a lágrima viva tirándose sonoros pedos entre lágrima y lágrima, ablandó el corazón del director del centro Don Obdulio, con su bigote recortado, delgaducho tras unas gafas negras y cubierto de arrugas, aunque su traje y corbata de color negro estaban planchados.

—¡Lucecita, querida niña de 13 años solo, ¿le gustaría quedarse a vivir en la casa de los 3 cerditos? —le propuso Don Obdulio.

Lucecita vio los ojos de besugo de Tontomás, que le caía la baba por las comisuras de la boca, haciendo un globito de babas en ese momento que parecía tener forma de corazón. Lucecita se dijo para sí misma mirándole: "Este debe de ser el cerdo mayor... y el director el lobo", añadió mirando a este con sus verdosos dientes apretados llevando un Ducados con boquilla colgando de los finos labios bajo el bigotillo.

—¡Sí! —respondió Lucecita enjugándose las lágrimas con el papel secante de la mesa del director.

Tontomás se puso a aplaudir y, abriendo mucho la boca, soltó un fuerte eructo.

Capítulo 20

La casa de los tres cerditos venía a medir metro y medio cuadrado por 1,51 centímetros de altura. Encima, tres cerditos, los del cuento, estaban ahí dentro reproducidos en escayola en vivos colores.

Fuera, asomado por la ventana, estaba la reproducción del lobo, en un pequeño jardincillo tras una valla.

Lucecita, dentro, cogida de la mano de Tontomás, que no podía entrar donde estaba ella por su abotargado tamaño, dijo suspirando:

—¡Qué buenos sois Don Obdulio y tú!

Lo cual hizo ruborizarse a Tontomás, soltando la mano de Lucecita y con ambas, volviéndose a su izquierda, se reventó un grano en la punta de la nariz, saltando el pus al gorro rojizo del lobo feroz que estaba a su vera.

Don Obdulio, mientras tanto, mirando con sonrisa verdosamente apretada desde el torreón del vecino fuerte a un par de metros y medio de altura, con los brazos cruzados, pensaba: "Esta chica va a ser perfecta para mi sobrino Guadarramo." Luego, agitó la pernera derecha del pantalón, saliendo por la oquedad de esta una escurridiza anguila.

Capítulo 21

(Paréntesis: Entre abril de 1976 y julio de 1994, Lucecita tuvo un total de 19 novios, a saber:

1/Guadarramo, el sobrino de D. Obdulio (abril—junio 1976), ni siquiera fueron de la mano nunca, ya que Guadarramo odiaba cualquier contacto carnal con las mujeres, pero le chiflaba tener novia. Acabó en el manicomio de Leganés, tras rozar sin querer el dorso de la mano derecha de Lucecita con el dedo meñique de su mano izquierda y subirse trepando a lo alto de la montaña rusa (la 7 Picos) enseñando al público su dedo, gritando que quería estar más cerca del Cielo para que Dios le perdonase por su falta de previsión, que no se tenía que haber acercado tanto a la tentación... La tentación, Lucecita, fue expulsada sin contemplaciones del parque de atracciones por D. Obdulio, cruzándose la pobre con los sanitarios de Leganés cuando entraban con un botiquín y una camisa de fuerza al parque.

2/Un señor de gris que pasaba por Entrevías el 25 de junio de 1976 y se vieron al cruzar las vías en dirección contraria. Fue su romance más corto. El señor la miró y le dijo sin pararse:

—¿Quieres ser mi novia?

Ella respondió que no, volviéndose sorprendida, pero el segundo exacto que tardó en responder lo consideró como un cortísimo noviazgo, sin dejar de andar pues venía el tren. El tren se llevó por delante al señor de gris al pararse y volverse y gritar:

—¡Zorraaaaaaaaaaaaaahhhhh...! —perdiéndose el piropo en un grito final.

3/Un día de agosto de aquel año se paró ante un kiosco de Usera y vio a Espartaco Santoni en la portada del *Diez Minutos*, bajo el titular: "Carmen Cervera y yo nos hemos separado de mutuo desacuerdo".

—¿Qué, chiquilla, eres tú la nueva novia de Espartaco?—le dijo riéndose con solo tres dientes amarillentos el kiosquero.

Ella, tímida, asintió. Luego, tras comprar la revista, decidió mandar a la redacción del *Diez Minutos* un telegrama desde Correos en Cibeles, con este mensaje:

"Espartaco Santoni, ya no es mi novio, porque yo le dije al kiosquero de Usera que sí lo era asintiendo con la cabeza por efecto mecánico. Stop. Le dejo, así puede volver con la Cervera. Stop. ¿Me pagarán algo si lo ponen en portada? Stop. Por si quieren una foto de fotomatón, pongo mis señas: Lucecita. Stop. Fotomatón de la estación de Entrevías. Stop, digo Madrid."

4/Prólogo: No, este no fue un novio de Lucecita, solo que se me había olvidado ponerlo al principio. Porque mejor tarde que nunca, esta historia que estáis leyendo ha llegado a un punto por el cual necesita un punto introductorio e, incluso, explicativo ¡Vamos allá!

Lucecita del alma querida es una novela. Eso está claro, ¿no? Tiene unos cuantos capítulos y, para colmo, aparecen unos cuantos personajes ¡Cojonudo! ¿Qué más se puede pedir? ¡Pues un prólogo, claro, mira que sois lerdos! Hasta ahora, hemos leído la historia de un tal Ian, hasta que se cruza y sus miradas también, con la protagonista: Lucecita, que no aparece hasta avanzada la historia... ¿o no os habíais dado cuenta, pazguatos? ¡Dios, qué gente!

"La Esperanza nunca se pierde". (Conde de Murillo, marido de Esperanza Aguirre).

Por lo tanto, queridos polluelos, os dejo con la continuación de la historia sin más dilación y antes de pasar al siguiente capítulo, viene bien recordar aquello de: ¡Ande yo caliente, pues pongo el aire acondicionado!).

—¡Mami, me he salido del paréntesis!

—¡Pues toma coscorrón, Merceditas!

¡PLONK!

—¡Aaaay, buaaaaaaaaaaa!

Capítulo 22

Verano de 1979. Era la época de "Aplauso", el programa musical en el que José Luis Fradejas hacía bailar a la juventud española de entonces las canciones discotequeras del momento. En la Discoteca *Majadahonda Qué Onda*, un maquilladísimo Domingo, el antiguo amigo de Ian, con un smoking floreado de rosas rosadas y una peluca afro pelirroja, más la cara pintada de blanco (Ian se la había desfigurado años atrás y bajo la enorme capa de maquillaje era morada casi negra, más la peluca por el pelo chamuscado debido a aquel incidente, voy a cerrar el paréntesis, no se me olvide), hablaba sobre la pista de baile delante del micro, pues comenzaba el concurso de baile y la primera en llegar fue Emma G., una chica quinceañera que empezó a moverse a ritmo de "Boogie Wonderland" de Earth, Wind and Fire, con rítmicos movimientos estelares.

Entre el público, estaban José M. y Gerald C., este último algo venezolano además. Sobre el escenario, Emma giraba bailando en torno suya, y José M., que la miraba extasiado, le dijo a Gerald C.:

—¿Has visto qué belleza?

—¡Es Emma G., compadre, estábamos en el mismo colegio! ¿Quieres que te la presente?

La música se acabó, mientras los chavales aplaudían enfervorizados, sobre todo José M., que le respondió a Gerald:

—¡Mejor preséntamela dentro de 33 años!—y José M. y Gerald se echaron a reír, cuando media hora después, tras haber concursado todos los participantes, Domingo se acercó al micro en forma de alcachofa sobre el escenario con su cara blanca contrastando con su pajarita pálidamente rosa y exclamó:

—¡Ganadora de la noche, Emma G.!

Pero José M. y Gerald ya habían salido a la calle...

Detrás de un arbusto por donde pasaron ambos, Ian afilaba una rama con una navaja de doble filo, chirriándole los dientes. Luego, miró hacia la entrada de la discoteca, donde un cartel con Domingo con la peluca pelirroja rizada y la cara blanca sonreía bajo las letras: DISCOTECA MAJADAHONDA QUÉ ONDA: HOY CONCURSO LA JUVENTUD BAILA CON DOMINGO EL PINGO.

—¡Tú sí que no vas a bailar más, cabrón! —susurró para sí mismo Ian, cuando se le escapó la navaja mientras la afilaba y el pulgar de su mano izquierda saltó por los aires, dándole en la coronilla a José M., que se volvió hacia los arbustos, de donde salió entonces un grito horripilante. Gerald, que también se volvió, comentó:

—¡Uyuyuy, lo bien que se lo deben estar pasando por ahí, jajajajaja!

Capítulo 23

Julio de 1994, día 1-2, entre las 11 de la noche y la una de la madrugada del sábado al domingo. No llovía. Lucecita acababa de romper tras diez años de relaciones con su decimonoveno novio, Basilio, después de que este le mandara un beso volado al irse a trabajar, lo que hizo temer a Lucecita que lo siguiente sería un par de besos de saludo, ¿o darle la mano en igual señal?

Para que las cosas no llegaran tan lejos, cogió la maleta aquella noche, casi mancillada entre lágrimas por ese beso volado de Basilio que por las partículas de aire le habría rozado. Nunca ninguno de sus novios se había atrevido a tanto. Ni Paco El Portugués siquiera que a principios de los 80 le guiñó un ojo, pero luego se disculpó de que le había entrado una mota de polvo, pero para evitar tentaciones no fuera a guiñárselo un día de verdad, le dejó.

Por eso, decidió, al no tener un duro, volver a la orilla del Manzanares, cerca de un puente (el antiguo hogar donde su bisabuelo le contaba cómo había sido uno de los últimos de Filipinas al tiempo que luchaba en Cuba y hacia la mili en Sigüenza), aunque su antiguo hogar había sido arrasado por una crecida del río.

Lucecita llegó y, dejando la maleta a un lado, se sentó sobre una gran piedra y se puso a llorar como una alcachofa que se deshoja como un hombre enterrado dentro de un hoyo en la playa tras subir la marea.

Entonces, se acordó cómo más de 20 años antes, justo ahí, se cruzó con un niño de unos 10 años con cara de llamarse Ian.

Capítulo 24

Eran las cinco de la mañana... y 5 pasadas, cuando Lucecita se despertó al oír como pasos. Miró hacia la orilla y vio a un hombre alto, castaño tirando a rubio engominado, con un smoking de chaqueta blanca y pajarita roja cereza a lo Bryan Ferry. El hombre se paró a unos metros de ella, tan elegante que Lucecita se puso encarnada con su traje negro de manga larga lleno de manchas de hollín y barro del Manzanares.

Pero el tipo en cuestión, la miraba sonriente, llevando algo verdoso brillante en su mano y acercándose, por lo cual Lucecita esbozó una amplia sonrisa sentándose bien sobre la piedra y, al ver que el individuo estaba frente a ella y le alargaba esa cosa verdosa que brillaba tanto, mientras ella, extendiendo el brazo para cogerla, musitó:

—¡De nuevo juntos! Me llamo Lucecita, ¿y tú?

Sonando una detonación y atravesando la frente de Lucecita una bala, helándosele la sonrisa en la cara, contestando el hombre que antes tenía smoking e iba repeinado y ahora lucía greñas despeinadas a la altura del hombro y barba que le cubría media cara, aparte de que le faltaba el pulgar de la mano izquierda, junto a ropajes marrones llenos de parches negros y marcas verdosas tipo alcachofa, con el revólver humeante aún en su otra mano, contestó:

—¡Ian! —tras lo cual se volvió hacia el río y arrojó el revolver aún humeante al agua, mientras un chorrillo rojo salía del agujero de la frente de Lucecita, que balbuceó mientras Ian se iba por la orilla partiéndose de risa Manzanares arriba:

—¡Gra—cias...! —tras lo cual expiró ladeando la cabeza hacia la derecha, izquierda vista desde la otra orilla.

****

Entremés Nº 3: CAMINAR POR ENCIMA DEL AGUA

Me habían regalado por mi santo unos pies de goma hinchables para caminar por encima del agua. Eran amarillos reflectantes y se iluminaban por la noche. Enormes, metías los pies en el agujero, ajustándose a los tobillos y luego intentabas caminar por encima del agua.

Por aquellos tiempos, estas cosas se pedían por correo, como los monos de agua (en que echabas en un frasco unos polvos que se disolvían y veías minúsculos trozos verdosos que se movían en el interior del líquido elemento girando en círculo y se suponía que crecerían, cosa que nunca llegué a saber; pues la asistenta Herminia me los tiró por la taza del váter y giraron más que nunca cuando tiró de la cadena, pues creía que era un frasco de agua sucia). O la pantalla especial para ver la televisión en color cuando era aún en blanco y negro (una hoja de plástico duro transparente de 40 x 25 centímetros aproximadamente de color naranja que con celo se pegaba sobre la superficie de la pantalla y, en efecto, se veía la tele en color... naranja). O estos mismos pies de goma enormes, como de zapatos de payaso del circo americano, que me disponía a probar en la piscina de la urbanización. Todos los vecinos, expectantes, veían cómo me los ponía, sentado en el bordillo.

—¡Que ande, que andeee...! —clamaban todos dando palmas.

Como cerca de cuarenta personas, concretamente, 25.

Yo iba con mi bañador dorado con incrustaciones de esmeraldas turquesas y rubíes rojos para las grandes ocasiones (como cuando me tiré del trampolín más alto de la piscina del sector del metal de Entrevías, el más alto de Madrid y Segovia, sin contar con el acueducto, que era de unos 40 metros y que acabó con toda mi dentadura en el fondo y trocitos de lengua flotando en la superficie). Pero ahora tenía dentadura nueva y la lengua cosida con injertos de lengua de cochinillo de Casa Cándido en Segovia, ahí junto al acueducto.

Así que, una vez colocados los cacho pedazos de pies de goma, agarrado al bordillo, me puse de pie y di mi primer paso, mientras alguien había puesto su transistor y sonaba a todo volumen "Triki-triki" de Demis Roussos.

¡Andaba! La gente aplaudía enfervorizada y di otro paso y los vecinos jaleabanme; era el triunfador de la pisci comunitaria.

Vi entonces, emerger a pocos metros de mí, con gafas de buceo, a Don Paco, que las llevaba empañadas, y con sus aletas de goma color añil, se volvió a sumergir y buceaba hacia mí, el viejo mutilado de guerra, pasó casi sin ver debajo de mí, chocando su garfio de la mano derecha con la planta de mi pie de goma izquierdo, produciéndose un reventón.

Salí por los aires, dando por encima de toda la piscina vueltas en espiral alrededor de mí, saliendo el aire del agujero del pie de goma a borbotones y elevándome cada vez más, haciendo tirabuzones y volatines a una altura de unos 40 metros. Hasta que caí a plomo una vez se deshinchó el pie del todo hacia la piscina de veinticinco metros de longitud, y para que el golpe no fuera tan fuerte, Don Paco se intentó proteger con los brazos al ver que caía hacia él una vez se quitó las gafas empañadas al asomarse a la superficie al oír el jaleo de los presentes, que reían y aplaudían a rabiar, viendo que el garfio se aproximaba cada vez más a mi según caía, hasta que atravesó mi bañador dorado de pedrería a altura del orto dando yo un grito desgarrador, mientras los espectadores daban vivas y aplausos, con el *Highway to Hell,* de AC/DC sonando por la radio a toda pastilla.

Antes de perder la consciencia, sumergiéndome hacia el fondo, vi como monos de mar anaranjados que buceaban en remolino alrededor de mí...

****

¿QUÉ FUE DE...? (EL EPÍLOGO)

—Domingo El Pingo: su padre/madre adoptivo/a queriendo tener el antiguo amigo de Ian un perro, se sometió a una operación quirúrgica para cambiarse de raza; concretamente, para ser una perrita pekinesa. La operación llevada a cabo por la célebre cirujana transexual Mary Pompis, acabó con el/la viejo/a taxista con todo el cuerpo injertado en piel y pelo rojizo de perro pekinés y reducido a 40 centímetros y medio de altura, amputando piernas y brazos, y poniendo en su lugar cuatro patas de una mesita de noche de Ikea, se iría al otro barrio cuando le pusieron, tras quitarle la nariz, el hocico de una gata de Angora que sufría la fiebre de las vacas locas. Domingo heredaría el taxi y con el dinero recibido por el homicidio quirúrgico involuntario de su progenitor/a se hizo la estética quedando más o menos como antes, incluidas las pecas. En la actualidad, está en busca y captura por matar con el taxi a cerca de un centenar de personas y malherir a unas 201. Es popularmente conocido como "El Taxista Loco".

—Ian McFly Sr., el padre de Ian, acabó saliéndose de peón de albañil y terminó estudiando arquitectura gracias a una beca de la Universidad Pontificia de Usera. Actualmente está en prisión condenado a 30 años, por el incendio del edificio

Windsor en Madrid, tras darle una segunda oportunidad su antiguo jefe Mr. Woodenbrock para revestirlo por dentro con material no inflamable, pero como se lo dijo en inglés y McFly había olvidado parte de su lengua original tras tantos años en España, entendió "inflamable", sin el "no" delante.

—La Srta. Rottenmeier, la palmó de un ataque de varices, al enrollársele estas en el cuello en el punto más álgido del ataque.

—Heidi y Clara se vinieron a España y se casaron, nada más ser legalizadas las bodas entre personas del mismo sexo. El abuelo de Heidi fue el padrino de la boda, Pedro El Cabrero hizo de testigo y el perro San Bernardo Niebla, fue sacado del consistorio por dos policías municipales por frotarse con su cuerpo repetidamente en la pierna izquierda del oficiante; el por entonces alcalde de la Villa y Corte, Alberto Ruiz—Restregón.

—Los Negrero (Papá Negrero, Mamá Negrero y la Abuela Negrero), segundos padres adoptivos tras el desgraciado final de los Señores de Caca, adoptaron tras perderse Ian de ellos, a unos trillizos del Vietcong, tras lo cual se fueron a vivir todos en buena armonía a la antigua URSS, concretamente Chernobyl, donde sobrevivieron a la tragedia nuclear de 1986, volviéndose todos blancos por la radiación ¡y los trillizos del Vietcong verdes fosforito!

—Tontomás acabó abatido de un tiro de escopeta en las inmediaciones del Palacio de la Zarzuela, donde había conseguido trabajo de vigilante nocturno en los alrededores debido a que había engordado hasta los 1.402 kilos, y eso imponía a cualquier intruso.

El otro vigilante dice que oyó la noche de autos, cuando Tontomás rondaba cerca del palacio, una voz que decía: "¡Sofía, se ha metido un elefante en el jardín, alcánzame el rifle y la munición, que ahora no pueden decir nada, que es en defensa propia!"

—Toñín El del Balancín, el rey del twist en la España de los 70, tras haberlo sido Chubby Checker en los USA en los 60, se reconvirtió en cantante de polka en los 80 (dejándose patillas en forma de hacha), guitarrista de fados portugueses en los 90 (por lo cual se dejó bigote) y productor de música para ascensores de hoteles en el Siglo XXI (ante lo cual, además, se dejó perilla). Como se puede ver, no hace el primo.

—Don Obdulio, director del parque de atracciones, vendió este a Ruiz-Gallardón nada más jubilarse a principios de la década del 2000. Ruiz-Gallardón, por entoncesalcalde de Madrid, se lo regaló a Ana Botella por su cumpleaños, nada más ser elegida alcaldesa, y ahora lo cierra todos los lunes para disfrute de sus nietecitos. Esto no se sabe oficialmente, pero es que los lunes el parque de atracciones siempre cerraba antes (por lo cual Guadarramo, el sobrino de Don Obdulio y primer novio de Lucecita, aprovechaba ese primer día de la semana para llevar a sus amigos y montar en "El pulpo", "El gusano loco" y toda la fauna).

Don Obdulio murió por la descarga del vibrador que le regaló en su 90 cumpleaños en el 2005 su sobrino Guadarramo, al enchufarlo en el generador de la noria del parque de atracciones y aplicárselo luego en ese agujerito donde la espalda pierde su nombre.

—Guadarramo, el sobrino de Don Obdulio, una vez solucionados sus problemas psiquiátricos, montó un sex-shop, y en la actualidad está pendiente de juicio por el triste final de su tío Don Obdulio por imprudencia temeraria vía rectal.

—Emma G. y José M. volvieron a reencontrarse de nuevo 33 años después y Gerardo C., esta vez sí les presentó. Coincidieron en la presentación de un libro mío para más señas y si no se lo creen, pregúntenle a Elena de D.

—Miss Woodenbrock, Sally para sus paisanos de Oklahoma, acabó teniendo termitas en la pierna que le sobraba y los doctores decidieron amputársela, pero el/la Dr./Dra. Mary Pompis se equivocó y le cortó una pierna buena. Para entonces, la otra pierna que estaba bien fue contagiada de la que tenía termitas y la dejaron sin piernas. Actualmente, trabaja de mujer de los lavabos del parque de atracciones de Madrid. Es el puesto perpetuo que consiguió por enchufe de su ex marido, Mr. Woodenbrock, tras el divorcio.

—Su hijo, Joseph Mary, el de la pierna en la cabeza, se casó con la o el Dr./a Mary Pompis, estrangulándole sin querer con dicha pierna la noche de bodas, haciendo a saber qué cosas en la cama.

—Mr. Woodenbrock acabó comprándole todo el emporio de El Corte Inglés a Isidoro Álvarez. Luego, resultó que los cheques no tenían fondos y fue a acompañar a la cárcel a Ian McFly, Sr., su antiguo empleado, ocupando ambos la misma celda, en la que pocos días después aparecería colgado de los barrotes por el cuello con una sábana el infortunado Mr. Woodenbrock. Fue McFly quién lo descubrió, supuestamente...

—En cuanto a Ian, el hijo, tras pasar un año en un albergue para gente sin techo, consiguió trabajo de limpiador de piscinas en La Moraleja, gracias a un celador gay, al que Ian favoreció muy cariñosamente unos días después que fue a visitarle con el palo recogehojas de dos metros y tres cuartos, metiéndoselo entero en el ano por el mango y sacándoselo por la boca todo adornado de tripas multicolores. Actualmente, reside en el manicomio de Ciempozuelos y ha resultado ser un experto en las labores de electricidad en el cuarto del electroshock, por lo cual su nuevo apodo es "El Chispas".

—Respecto a Lucecita, la crecida de las aguas, poco después de su desgraciado final, arrastró su cuerpo desde el Manzanares al mar. Dicen que se ha visto una sirena rubia con un diamante verde brillante en la frente por las aguas de la Costa del Sol, pero eso es una leyenda como decir que se han visto peces que vuelan.